문학과지성 시인선 344

귀한 매혹

양진건 시집

문학과지성사

문학과지성사에서 펴낸 양진건의 시집

대담한 정신(1995)

문학과지성 시인선 344
귀한 매혹

초판 1쇄 발행 2008년 3월 14일
초판 2쇄 발행 2008년 11월 17일

지 은 이 양진건
펴 낸 이 홍정선 김수영
펴 낸 곳 ㈜문학과지성사

등록번호 제10-918호(1993. 12. 16)
주   소 121-840 서울 마포구 서교동 395-2
전   화 02)338-7224
팩   스 02)323-4180(편집) 02)338-7221(영업)
전자우편 moonji@moonji.com
홈페이지 www.moonji.com

ⓒ 양진건, 2008. Printed in Seoul, Korea

ISBN 978-89-320-1843-0

문학과지성 시인선 344

귀한 매혹

양진건

2008

시인의 말

대체 시 쓰기란 내게 무엇인가?
그것은 쓸쓸한 강박관념이다.
그 덕에 견디고 있다.
근래에 나는 세 번의 큰 죽음을 견디어냈다.
더 잘 견디기 위해선
그 쓸쓸함을 안고 갈 수밖엔 없다.
두루 미안하고 고맙다.

제주도 어음에서
2008년 봄
양진건

귀한 매혹

차례

시인의 말

오미자

오미자,
붉게 무거워라.
홀연,
개똥지빠귀 날며
건드린다.
푹 익은 그림자들
사방 흔들리니
아, 빛나는 신맛.
내 침이
참 눈치 없다.

풍경

뼈가 많고 살이 적은 말들이 서쪽을 달리고
그 개골(皆骨)의 풍광에 부는 바람이여
한참을 보아도 참 찬란하다

동백

바닷가 꽃이야
과연 동백이지.
두껍고 길둥근 잎 사이
다보록 고개 내밀고
파도들 얼러주는 소리에
농밀하게 진저리치는 몸.
숨 쉬는 것들의
아랫도리를 뻐근하게 하는
붉은 힘.
수많은 매혹에
마음 팔려 보았지만
아, 눈부셔라.
그 뜨거움이란
단내 나는 동네에
숨겨둔 내 애인 같네.

아흔아홉 골 단풍

아흔아홉 골
단풍 보고 있자니
아, 억장이 무너져
나도
언제 한번이라도 저렇게
제 몸 온전히
불사를 수나 있을지.
저렇게
비탈 구르며 달려와
제 몸 기꺼이
내어줄 수나 있을지.
찬란해라, 절정이여.
서러움이여.

피아노는 황소다

그것은 황소다.
한 시간의 연습을 두고
당신은 소 한 마리 잡는 거라 했다.
오늘은 다섯 시간 정도 붙들어 앉았으니
대여섯 마리쯤 너끈한 셈인가?
사실 난, 건반 두드리는 게
그렇게 힘 부치는 일인 줄 몰랐다.
그것을 다루는 그대의 몸짓이
순하게 보였기에
그런데다 내는 소리도 고운 것이
그 길고 가느다란 손가락으로
감히 소를 잡는 줄 짐작할 겨를이 없었다.
그 말을 듣고 새삼 주의 기울여보니
과연 그것은
등판이 딱 벌어진 검은 황소다.
흰 이를 드러낸 채 씩씩대는 거대한 황소.
당신은 이제 막
아, 살며시 눈 감은 채
그 놈의 정수리를 향해 칼을 세우고 있다.

베추니아

그 골목 어귀에
당신을 내려주고 오면서
뒷거울에서 멀어지는 동안
잠시 부딪쳤던 살결을 기억했습니다.
겹꽃 베추니아 냄새가 나더니
"당신과 함께 있으면 마음이 온화해진다"는
꽃말처럼 아, 마음이 놓이더군요.
그래서 밤은 길지 않으려니 했지만
밤의 사물 안에는 그리움만 웅크려 있는지
결코 현명할 때란 없을 것처럼
더 그리워져서,
더 어지러워져서,
다시 그 골목 어귀를 서성거려 보아도
적막과 어둠 사이
당신은 오간 데 없었습니다.
내 마음도 눈치 채지 못한 채 아침이 오고
이제 횡포한 바람도 불 테지만
베추니아가 만개하는 동안

그리움은 더 견고해질 테고
당신을 잃어도
나는 당신 속에 있습니다.

귀한 매혹

여러 종류의 버섯으로 요리되는
태국식 볶음국수를 먹어본 적이 있는가.
먹기 좋게 찢어놓은 느타리버섯에다
모양을 살려 어슷 썰어놓은 양송이버섯하며
따뜻한 국수에 얹힌 팽이버섯.
약간 덜 익은 듯 꼬들꼬들하게 삶아진 국수를
각종 양념에 재빨리 볶아낸 이 요리는
그러나 국수라기보다 버섯의 만찬이다.
왜 버섯요리라고 하지 않고
볶음국수라고 했을까.
아니면 버섯국수라고 해도 됨 직한데
모르는 사람은 결코 속내를 알 수 없다.
기왕에 버섯을 쓰는 김에
내 고향의 표고버섯이나
강원도의 송이버섯까지 곁들이면
이제 그것은 더욱 귀한 매혹이 될 터이다.
귀한 것은 귀한 것을 불러 더욱 큰 귀함이 되는가.
버섯이 다른 버섯을 귀하게 만들고

또 다른 귀한 버섯을 부르는 유혹,

그러나 끝내 귀하기를 감추는 삶.

여기에 태국식 볶음국수의 맛나는 구조가 있다.

망월사 접시꽃

망월사 갔더니
접시꽃 너무 환해
애써 눈길 돌렸습니다.
당신을 대웅전에 두고
숨 돌리는 동안
무언가 다가서는 기척이 있어
벌써 예불 마친 당신이
따라 나선건가 했지만
돌아보니
햇살 잔뜩 머금은 접시꽃 긴 그늘.
내 빛나던 청춘에는
뿌연 먼지 쓴 채 하나 이쁠 것 없는
길가 꽃으로만 여겼는데
오늘은
들여다보면 볼수록
아, 숨 막히게 요염한
당신 닮은 꽃,
벗어놓은 당신의 등산화처럼

18

붉은

망월사 접시꽃.

병원에서

앞 병동 할머니가
휠체어에 앉아
오랫동안 밖을 응시한다
링거액이
천천히 낙하하면서
핏줄을 적시는 동안
웅크린 그림자가
전혀 흔들림이 없다
자리를 뜨자
할머니는 대체
무엇을 보고 있었던 것인지
얼른 창문 밖을
훔쳐보았지만
텅 빈 하늘만
구겨져 있다.

감자꽃

하늘 아래
첫 고랭지 밭에서
한줌의 꿈처럼 꽃망울 터뜨린
하얀 감자꽃.
나더러 이 먼 길 왜 왔느냐기에
"당신을 따르겠습니다"라는
꽃말이 하도 고와서
애써 보러 왔노라 했지.
허나 실은
나를 따라달라고 말할
용기 없다보니
당신 꼭 닮은
감자꽃이나 보러 왔던 것이지만.

그들처럼 나도

내 입원실 창 아래로
유년의 긴 골목,
양편에 흐릿한 옛집들이 서 있고
그늘엔 치어처럼 아이들 서너 명.
어느 때인가 그들처럼 나도
지느러미에 빛 오를 적이 있었다.
삶은 그런 힘이려니 했지만
나뒹구는 신문지처럼 구겨진 내 생이여.
세월의 강은 유속이 빠르고
이젠 아무것도 아쉬울 것이 없는데
참으로 그리움이란 비루한 것.
입원실 창문을 닫으려니
모든 풍경이
이상하게 가볍다.

멍게, 물컹한 단꿈

멍게를 먹고 싶다는
당신을 앞세워
어시장의 빛나는 좌판들을 순례하다가
마침내 들켰다는 듯이
누르면 움찔거리는
멍게 몇 알을 사들었습니다.
햇살은
신문지로 급조한 술판 위로만 모여들고
싱싱함이란 원래 그런 건지
몰래 훔쳐본 당신의 가슴처럼
봄의 멍게 향은
자꾸만 물컹하고, 비릿했습니다.
술기운은 멎지 않고
당신의 눈길이
바다 쪽으로만 흔들거릴 즈음
방파제를 지나는 어떤 바람에 기대어
멍게를 씹으며 잠시 꾸는 물컹한 단꿈은
아, 어리석어라
필경 사랑이었습니다

망각

잊어달라고 하지 않아도
당신을 잊기란 쉬운 일입니다.
망각이란 흐르는 강이어서
그곳에선 어느 것도 되찾을 수 없기에
당신은 도둑의 시간처럼
내게서 마구 떠내려갑니다.
이를 악물면 물수록
기억들만 부서져 부유할 뿐.
그래서 삶이란 굴욕인지 모르지만
그러기에 종내
기억하려고 애쓸 까닭이 없습니다.
깨어나서 함께 바라보던 벽,
사랑에 대한 당신의 거창한 진지함,
물컹한 살냄새,
이 모든 것들도 순서 없이 떠내려가고
당신을 잊는 동안
또 다른 누군가를 기억하겠지만
그것도 빛바랠 테고

24

그러고는 모두가 곧 잊혀질 겁니다.

서로와 모두로부터

조용히 그리고 아주 조용히.

어리연

일어나
연못을 보니
노란 어리연이
물 밖에 깨어 있었죠.
그 연약한 꽃의 살갗
보여주고 싶어
당신을 부르려 했지만
왜 눈물이 나는지.
여름 아침은 무르익어가고
부서지는 햇살 사이로
고개 내민
물 위의 모든 꽃들이
나보다 먼저,
잠 덜 깬 당신을
깨우고 있더군요.

칸나는 피고

그 자리에 다시
칸나는 피고,
매끄럽게 뻗은 잎에다
작년보다 더 붉은 자태 때문
당신인 줄 착각했지.
당신은 떠나고
칸나만 피었지만
뜨거운 볕 아래서 타오르던
어진 가슴과
붉게 젖던 입술.
하필 그 자리서 숨 고르지 않았다면
슬몃, 지나쳤으련만
오늘
칸나 속에서
아, 그만
당신을 보고 말았지.

짧은 편지

차에 밀려 구르면서
뼈가 살을 뚫고 나오는 그 순간에도
왜 눈을 감지 않았는지
저 자신도 잘 모르겠습니다.
그 혹독한 시간 동안에
애써 무엇을 보고자 했던 것일까요?
뼈를 버리는 살이나
또 살을 외면하는 뼈처럼
우리들만의 시간도
매번 치명적인 아픔이어서
당신을 사랑하는 일이
살아 있는 일처럼 신기할 뿐입니다.
그러나 눈을 떠보면,
눈을 떠 혹독한 시간을 들여다보면
내 몸에서 흘려진 피라는 것이
아, 선홍색의 고운 꽃 같기도 하고
홍등의 추억 같기도 해서
그제야 용기를 내 짧은 편지를 쓰게 됩니다.

내가 가진 것 비록 신음뿐이어도

나 당신을 위해 미치도록 부서지리라고.

당신의 곰팡이

당신의 냄새를 맡습니다.
숨 쉬는 쇄골 부근에서 시작하여
흥미롭게도
배꼽 가까이서 멈추는
눅눅한 그 냄새.
그건 지하실의 관습이라며
냄새를 만드는
벽면에 피는 꽃들을 보여준다고
그러나 무거운 습기 속에서 내가 본 것은
당신의 검은 속살,
질투심을 일으켜서
당신을 사랑하도록 만들게 하는
활짝 핀 악마의 꽃.
당신이 없는 아침을 깼을 때도
그리운 흔적처럼
당신의 냄새는
내 몸 곳곳에 묻어 있어
그것을 감당하느라 울음을 참았지만

아, 당신을 사랑하는 일이

곰팡이 번지듯

치명적임을

그제야 알았습니다.

어떤 필연

생선회를 뜨다가
손가락을 뱄다.
하얀 생선살에 번지는 피가
생선의 것인지, 내 것인지,
호들갑 떠는 당신의 것인지.
혼돈이란 원래 그런 것.
종내는 그것이 피인지, 눈물인지, 땀인지
도대체 분간이 안 선다.
길게 벌어진 생채기에
담배가루를 쑤셔놓자
통증이 살 속에 박히면서
손이 아픈 건지 어디가 아픈 건지
입술도 바싹 타들고
당신의 표정마저 구겨진다.
아니다. 결코 혼돈이 아니다.
내 피, 내 통증을
곰곰이 생각해보면 그건
생선회를 뜨는 동안은

간직해야 할 필연이다.

검붉은 필연,

두렵지만 그런 필연이 있다.

카이로의 나비

시장이 서는 광장에서
당신을 잃었다.
골목마다 이탈리아식 소스 냄새가 넘치고
오간 데 없었다.
벵가지에서 온 듯한 통조림 행상에게,
거리의 치과의사에게
서둘러 수소문했지만
이방의 목소리만 클 뿐.
마침 키 작은 아랍 소녀가
빨간 드레스를 사 입던 당신이
눈부신 나비 같더라고 전해주어
나는 갑자기 화가 나 돌아섰지만
카이로의 별만큼
우리가 보냈던 뜨거운 시간 내내
당신은 사라지는 사람이었음을,
어째서 이제야 아는 걸까?
그러고 보니
아무렇지도 않게

목덜미를 만질 정도까지 다가왔다가는
갑자기 사라져버리는 당신은,
나비.
아, 떠나온 곳을 지우는
남부 사막의 빨간 나비.

코스모스

오랜 만에 산길을 찾았더니
아, 벌써 코스모스
오후 햇살이 많이 엷어졌나 했더니
그렇대도 벌써, 휘청거리는 꽃길.
뜰을 갖게 되면 코스모스 많은 꽃밭을 만들겠노라
그것이 그대의 다짐이었지만
오늘 그대는 없고,
그대를 닮았을 한 송이 찾아내어 입 맞추면
내 앞에 잇바디 환한 모습으로 그대 돌아올까?
그래서 일찍부터
분홍 꽃 하나가 유독 몸 흔드는 걸 테지만
그렇대도 큰 꽃밭이 흔들리도록 바람 불면
그때 어느 꽃에 내 입 맞춰야 할까?
아닌 게 아니라 서둘러 차를 내리자
아, 모든 코스모스가 흔들려
이제 잘못된 입맞춤으로 나 역시
한 송이 코스모스로 변해야 하는가?
마침내 흩어져버릴 평생의 시간들이여.

꽃의 영광이여.

바람이 불자 모든 것이 쉽게 흔들린다.

저녁

네 봉지 생식 가루의 저녁이 옵니다.
두유에다 네 봉지의 거무스름한 가루를 털어놓습
니다.
시간은 엉킨 채 잘 풀리질 않습니다.
열두어 가지 곡식이 고루 섞였다지만
좀처럼 분간이 되지 않습니다.
당신에 대한 내 마음도 그렇습니다.

가라앉은 가루들을 몇 수저 뜨다보면
이내 저녁이 끝납니다.
텁텁하고 허전한 저녁입니다.
열두어 가지 그 어느 하나도 씹히지 않는 채
네 봉지의 저녁이 흘러갑니다.
당신에 대한 내 사랑도,
당신에 대한 내 미움도 그렇게 흘러갑니다.
아, 오늘 당신의 저녁은 어떻습니까?

수국

바다를 배경으로
올해도 수국이 한창입니다.
파도 소리를 따라
꽃 색이 희다가 분홍색 또는
붉어지기도 합니다.
흰색의 꽃말은 "변하기 쉬운 마음"이라는데
흰 수국 곁에 서 있던
당신이 이제 제대로 기억됩니다.
변하는 마음을 누가 막을 수 있겠습니까?
당신의 뜻이 아니라지만
그래서 내 영혼은 한참 앙상해졌지만
그러나 잔인함은 당신의 사랑법인 것을.
당신은 당신답게 행동하였을 뿐
어서 개의치 말고
내일도 또 내일도 변하십시오.
이달 말쯤에나 장마가 시작인데도
앞질러 올해의 수국이
벌써 한창입니다.

다시 애월에서

애월 바다는 컨테이너 곁에서
한구석이 조금씩 부서진 채
녹슬고 있었습니다.
배들은 또 다른 연안으로 떠났는지
방파제 한켠에 무릎 조아리고 있는
한 사내의 축축한 낮잠만 눈에 선합니다.
가끔 자책하며 환멸을 찾습니다.
그럴 때면 나는 나를 무너뜨리며
애월을 들여다보지만
음습한 술기운 때문인지
바다는 늘 들끓고 있었습니다.
환멸은 증오인지 용서인지,
바람 거친 등대 곁에 서면
모두가 깊은 살의를 지닐 법도 하지만
나는 이미 애타면서 혼수상태인 채
늘 죽음 직전입니다.
여느 때 같으면
당신의 싸움 소리도 요란할 텐데

오늘 애월은 환히 고요합니다.
당신은 지금 당신을 무너뜨리며
어디에 계십니까.

밤 찔레꽃

아찔하더군.
밤길 하얗게 밝히더군.
바람에 흔들릴 때면
아, 영원인 것처럼
소리 지르는 향기.
밀물 드는 당신의 맨살인 양
어찌 이다지도 부드러운지,
어떤 향기가 이렇게
헌신적이었더냐.
가득 넘치면서
그리고 잊혀지면서
밤늦도록 치명적인 아픔.
어젯밤뿐인가 했더니
오래된 습속처럼
오늘 또 만난 건
기어코 찔레꽃이더군.

딸기밭

그 겨울 내내 걷던 곳이
딸기밭이었더구나.
뺨 때리는 눈발들 귀찮기만 했는데
이리도 맛있게 빛날 줄이야.
제 몸을 흙에 묻으면
어느 것도 그리 변하는 건지,
눈송이가 딸기가 되었다니
이 놀라운 변신.
추위가 혹독했던 그 눈밭에서
나는 내내 울었었는데
눈부신 환생이여.
내 생애도 마땅히 그런 힘이고 싶어라.
겨울의 눈밭에서 헤매던 사람들은
오늘 딸기밭에서
비로소 눈물 흘리리.

고백

커피 잔 귀퉁이에
당신의 입술 자국이
하현달처럼 곱게 걸려 있네요.
큰 미소 감추지 못하는
당신의 가지런한 잇바디도
역력히 보입니다.
사랑을 고백하셨나요?
당신의 생애가 그 고백 앞에서
부끄러워, 부끄러워
아, 개켜진 속옷처럼
단정히 수줍어하는군요.
누가 엿들었을까
속속들이 흥건해진 마음으로
당신은 주위를 부끄러워하지만,
커피 향기 짙게 출렁대고
그 빛 오르는 풍경에
내 마음 또한 일렁이는군요.
당신의 따뜻한 고백을
부디 축하합니다.

관매도

관매도 가는 내내
먼 섬은 안개에 밀려 희뿌옇고
가까운 섬은 검은 짐승인 듯 웅크려 있고
배에 근접한 것들은 검푸르기만.
불가피 사랑해야 할 것들을 핑계 삼아
술잔을 기울이다가
취한 무릎을 겨우 일으키자
아름드리 해송들 사이로
멀리 제주도 끝자락만 아득할 뿐.
그러고 보니 아득한 것들은 모두
당신의 얼굴을 하고 있다.

그들이 국경을 넘을 때

중국 국경과 지척인 함경도 무산군에서
국경수비대에게 뇌물을 건네주고
국경을 넘나드는 중개인들은
조선돼지장사라는 인신매매를 한다는데
오늘밤도 그들 손에 이끌려
수명의 여자가 정처 없이 강을 건넌다.
중국 남자에게 시집을 보낸다고 하지만
굶주린 그들의 몸값은 우리 돈 50만원 정도.
중국 내륙으로 들어가 직접 넘기면
그보다 두 배는 받는다는데
너무 굶주린 탓에 걸신처럼 먹는다 해서
조선돼지라 불리는 처녀들이 많다지만
병든 남편과 세 살 아이의 배고픔 때문에
국경 넘어 팔려온 어떤 신부는
아이를 낳기 전에는 보낼 돈을 줄 수 없다는
중국인 남편을 피해 이불을 뒤집어쓰고
긴 밤을 몰래 눈물 감춘다.
그들이 우는 밤에 나는 무엇을 했는가.

아, 백치 같은 두만강이여
퀭한 눈 휘둥거리며 단지 배고픔 때문에
그들이 국경 넘어 몸을 팔 때
어디서 나는 무엇을 했는가.

하얀 사막

뉴멕시코
하얀 사막에 갔다

하얀 사막에만 산다는
하얀 뱀이 지나간 자국만
하얗다.

바람 불자
하얀 모래들이
하얀 모래 쪽으로
불렸다.

하얀 구릉에 올라서서
당신을 기다리지만
하얀 햇빛뿐이다.

병실에서

몸이 부서지니
마음도 따라 기운다.
쉽게 난파하는 생이여
수술이 성공적이어서
다행이라지만
쾌유 기원의 꽃들은
왜 시드는 걸까
오늘은
병실 풍경이
진통제처럼 조용하다.

쉰 넘은 봄

쉰 넘어서야
김춘수 시가 읽힌다.
「비가」를 접하고
눈물 번지는 아침에
툭! 하고
꽃을 버린 채
무슨 기호처럼
가늘어진 목련나무가
안쓰럽다.
아, 혼곤하여라.
쉰 넘은 봄날이여.
웅크린 졸음 끝에서
슬픈 귀신을 본다.

아, 거기

겨울 드는 바다에
바람 피하려
날개 접은 갈매기들.
오래도록 바라보자니
눈물이 나는 건
아, 거기
몸 조아린
당신이 있기에

천천히 그리고 흐리게

눈으로
천지가 지워진다.
멧새들 바쁜 부리도 지워지고
검은 세로무늬 등빛도 지워져 흰색.
모든 현실이 지워지고
지워진 현실 사이로
사랑을 등진 그대도 멀리 지워진다.
현실이 지워지면
남는 것은 은유뿐인가.
방금 라디오에선 은유주의보.
이제쯤 그대 떠난 방도
구석부터 지워지고 있을 거다.
그대 몸이었던 윗목의 냉기도,
빨래를 개키며 떨쿠던 눈물도.
천지간이 눈인데
그대를 보낸 내 기침 소리마저
천천히 흐리게
지워지고 있을 거다.

조팝나무의 어깨까지도
천천히 그리고 흐리게.

보고 싶다

보고 싶다.
멀구슬나무 지나
낙수 고랑의 댓돌을 거쳐
마루 밑을 흐르던
황적색의 구렁이. 가끔
손자 놈 꿈 안에 똬리를 틀면
할머닌 쌀을 뿌려
손 모아 빌며
설움도 슬픔도 아니니
기억해라 부군신령이다.
너를 키우는 대대의 조상님,
어서 커서 사람 되라고
그분들이 실린 거라고.
할머니 돌아가시자
이 도회에선
조상이라곤 다 떠나버렸는지
그렇게 살아서는 안 된다고
내 꿈을 휘감아주는

어떤 구렁이도 없다.
껍데기뿐인 나날에
진정 보고 싶으니
아, 그 큰 구렁이.

벚꽃이 진 날에

벚꽃이 지니 비로소
그 나무 아래를 지날 용기가 납니다.
하마 벚꽃 핀 날이 길었더라면
나는 내내
당신을 향한 길에 들어서지 못했을 겁니다.
눈부심이야 당신만으로도 족한데
꽃 멀미도 멀미려니와
벚꽃을 배경으로 한 세상은 퍽이나 황홀해서
종내 앞을 볼 엄두가 나질 않습니다.
꽃이 피기 전에 얼른
얼른, 당신을 보고서는
꽃그늘이 한창인 동안에는 마음만 졸이다가
아, 그 그늘에서 웃는 사람들만 부러워하다가
마침내 벚꽃이 졌으니
용기를 내어 당신을 찾습니다.
그러나 꽃이 지기는 졌다지만
땅바닥으로 꽃들을 실어 나르는 바람의 선이
어지간히도 고운 게 아니어서

왜 이 길을 넘어서야만 만날 수 있는 건지
당신을 탓하게 됩니다.

노고단 새벽꽃

새벽 노고단에 올랐습니다.
꽃을 보자는 당신 성화에 등 떠밀려
성삼재까지 차에서 내내 졸다가
노고단 나무계단에 와서야 겨우 깼습니다.
꽃 따위에 아침잠을 설치다니
당신을 원망하는 사이
불현 햇살이 산봉우리 위로 뻗쳐오르자
어디서부터인지 서둘러
형형색색의 제 몸을 드러내는
꽃, 꽃, 꽃.
아니 일출만으로도 개운한데
원추리를 비롯해 키 작은 범꼬리,
동자꽃, 까치수염, 며느리밥풀꽃 들이
구름이 발 아래로 휘감는 산등성이마다
갈증처럼 피는 것을 보며
비로소 당신의 재촉이 이해되었습니다.
그런데다 "구름 위의 꽃밭"이라는
당신의 탄성마저 하도 적절해서

한동안 할 말을 잊고 말았지만
아, 노고단 새벽꽃,
꽃들이 부딪치는 소리는
삶의 이유가 되어 오늘도 나를 깨웁니다.

어음 풍경 1

돌담도
돌담 사이 마른 나무들도
살들이 검다.
당신도 가보았는지
바람
불기 전이나,
혹은 바람 분 후의
아, 어음

어음 풍경 2

밭쥐들
키 작은 나무 아래서 서성이고
연기처럼 흙먼지를 달고
달아날 때마다
더 고요해지는
어음.

어음 풍경 3

빽빽한 빗소리에 몰두하는 동안
지네와 쥐며느리
심지어 바퀴벌레조차,
나는 물론이고
비에 잠기는 꿈들로
벅차다.
어음에선,

이름

미성이라는 애의 이름을
자꾸 미송이라고 헛갈리는 이유는
송, 송, 송할 때의 진동이
투명해서 그런 건지,
그 애 살 속에나 박혔음 직한
솔 나무 냄새 때문인 건지.
어떻든, 어떻게라도 부르면
샛길로 해서
내 귓전을 따스하게 하는 잰걸음으로
그 애는 내게 온다.

수성(壽星)

발돋움질해야 보이는 별이 있다.
샛별만 하고
남쪽 먼 끝에 똬리를 틀고 있어
발도 잔뜩 돋우어야 하는 별.
그 아래 사람들은 어질고
별의 수명만큼이나 장수한다는데,
섬 정상에 오르면 멀리 보인다지만
어질지 못한 나의 생이여.
부박한 날마다 그 별이 그립다.
어디서 빛나고 있는 건지
중국의 남악에 오르면
만질 수도 있다는데
오늘은 길고 길게 발돋움질해도
끝내 볼 수가 없으니
애초 없었거나,
다른 자리로 옮겼거나
나와의 거리가 아득한 절망이거나
그러고도 아, 그 별이 그립다.

가뭄

풀이 마르자
말들은 다리 꺾으며 쓰러지고,
나무와 나무 사이엔
목을 매단
그림자.
이제
흉측한 시간만 남을 것이다.
희망이란 원래 그런 거다.

겨울

흐른다.
내〔川〕가 얼지 않는
이 섬의 겨울.
무늬 고운 나비가 흐르고.
감귤 꽃이 흐르고
순무, 영초도 얼지 않고 흐른다.
세상을 혼자 살아가겠다는
당신의 피.
아, 각오마저 흐른다.
세상은 안이나 밖이나
온통,
겨울인데.

괴화나무

늙은 괴화나무 아래로 계절이 지나갑니다.
시간의 향기가 무겁습니다.
영 돌아오지 않을 듯 떠난 당신이지만
새로 자란 가지 끝에 핀
연한 괴화가
8월이면 그리울 겁니다.
나무에 올라 내다봐도 당신은 오지 않고
오늘은
꽃이 벌어지기 바로 전
따서 말려두었던 괴화차 마시며
쓸쓸히 마음을 달래봅니다.
아, 괴화나무 위로 낮달이 떠 있습니다.

닿을 수 없는 깊이

어릴 적 할머니 집 마당은 바다로 늘 출렁. 파도 냅다 밀려와 정지 기둥 휘감고 내 고무신 둥둥 어디로 떠나는 것이냐. 지팽 막대 부여잡고 발 디딜 곳 어디쯤이냐. 무서워라, 무서워. 칭칭 마음 감는 파도여. 조마조마 가슴 쿵쾅 거릴 즈음 어디선가 누렁이 달려와 꼬리 흔들고 푸드득 장닭 날개 트는 소리에 그제야 아, 사람의 세상이었구나. 사람의 세상도 저 닿을 수 없는 깊이가 있구나. 아, 화들짝 잠에서 깨었네.

바다

이 바다에서
제 몸으로 빛을 만드는 건
비늘 없는 생선뿐.
치명적인 일거리다.

나도 내 복에 사는가

제주도 사람들의 운명을 관장한다는
어느 부잣집 셋째 딸 가믄장 아기씨는
열다섯 꽃다운 해에
부모로부터 효 시험을 받았다고 하네.
너는 누구 복에 사느냐는 추궁에
하늘님, 지하님, 아바님, 어머님 덕도 있지만
그것보다는 배꼽 밑 선그뭇 덕에
잘 산다고 힘주어 고하자
이 망측한 대답에 발끈한 부모는
그녀를 불효로 단죄하고 쫓아냈다고 하지.
그런데 이 아기씨는 소망스럽게도
마소 키우는 씩씩한 마퉁이를 선택하고
스스로 결혼을 성사시켜
배꼽 밑 선그뭇 덕에 큰 부자 되었다는군.
한편 부모는 딸 버린 죄로
문지방에 쓰러져 장님 걸인이 되었다지만
여기서 흐뭇한 것은
아기씨가 부모를 눈뜨게 해주고

다시 부자가 되게 해주었다는 사실이야.
그러나 내가 정작 의문을 갖는 건
모든 일을 튼튼히 대처하고
끝내는 화해까지 성취한 가믄장 아기씨처럼
나도 내 복에 사는가 하는 거야.
더욱이 내 배꼽 밑엔 선그믓도 없는데.

공장

높은 굴뚝이야 없지만

채 썰듯 손가락이 잘린다는 소문 때문에

아무래도 우리 동네 공장은 그 잘린 손가락만 할
거라고,

꾸는 꿈도 그만할 거라고,

뭉툭뭉툭 흘리는 피야 그래서 더 반짝일 테지만

그 공장엔

손가락이 남아날 리 없는 사람들만 모였을 거라고,

남은 손가락들을 내보이며 웃을 거라고,

사람의 동네에 공장이 없을 리 없는데

그 공장의 연기 때문에 우리 동네 밤이 어두워지
는 걸

아, 왜 잊었을까.

자살터

별도봉 자살터.
휑하니 몸을 던지면
바람에 불리는 비료 포대처럼
삶은 한껏 까불다 추락하겠지만
너른 바다를 향해
가래침이라도 칵, 뱉다보면
웬걸, 이 악무는 반전이 실감나는 곳.
파도는 치고
바람은 발목을 미는데
"다시 생각해 보십시오"라는
안내문처럼 이렇듯
섬세한 반전의 예고가 또 있을까.
무엇을 다시 생각해볼 건가.
낭자함을 생각해볼 건가.
아니면 쓸쓸함을?
무엇을?

아이들 울음소리에

Dallas에서 잡화점을 꾸려가는 이씨는
한국말은 물론 영어도 잘하는데다가
어울릴 때면 소주를 더 찾기에
일찍부터 이민 온 양반인 줄 알았지만
취기로 얼굴이 붉어진 어느 날
해외 입양아라는 내력을 공개했다.
표정이 상기된 것은
세 병째였던 소주 탓만은 아니었다.
잡화점의 여러 물건 값을 기억하는
남다른 힘에 놀랐었지만
유독 취기가 기승을 떨던 그날
그는 한국의 해외 입양아 수를 툴툴거렸다.
횡설수설이려니 웃어 넘기려했지만
줄어들던 입양아 수가 다시 늘고 있고
더욱이 부모로부터 버려진
한국의 아이들 숫자를 구체적으로 말할 때
이미 내 술기운은 멀리 달아나고 있었다.
집에 돌아와 냉수를 벌컥거리면서

그의 기억력에 또 한 번 진저리쳤지만

왜 그랬을까.

갑자기 어디선지 들리는 아이들 울음소리에

나는 도통 잠을 이룰 수 없었다.

환술

TV나
인터넷만한 환술이
또 있을까?
환술의 호랑이가 오히려
마술사를 삼켰듯
그것들은
내 땀 냄새,
심지어는 내 혼절의 시간,
오늘은 내 그리움까지도 삼킨다.
어떤 쓸쓸함도 없다.
아, 씨발.

낯선 병

병원을 가는 길은
도심 고속도로를 지나야 했다.
이국의 병원을 드나드는 일은
내 낯선 병명보다 더 낯선 일.
내 안에 자라는 독버섯을 확인하고
주사를 맞고 돌아오는 길은 멀고 길었다.
가끔 퇴근 차량으로 길이 밀리고
어디로 날아가는 것인지
날개 넓은 새들이 눈에 띌 때면
와락 주저앉고 싶었다.
저녁이면 가족들을 의지해 둘러앉지만
밥알은 서걱거리기만 하고
화적떼처럼 밀려드는 피곤을 감추고
아내가 내미는 과일이라도 먹을 때면
나의 낯선 병보다 오히려
아이들 이국생활이 더 염려되었다.
일단 고비는 넘겼다는 담당의사의 안도가
오히려 잠을 설치게 하는 밤.

내가 살아오는 동안 넘겨왔던 고비와
넘겨야 할 고비들을 생각하다보면,
그 고비 사이에 부는 바람이나 햇빛,
혹은 먼지 따위를 생각하다보면
이국의 밤은 늘, 멀리 달아나곤 했다.

달곰쌉쌀한

주머니 속에 든 잘 익은 두어 덩이 귤. 자꾸 매만
지니 달곰쌉쌀한 등황색 즙이 자라서 버스 구석까지
달곰쌉쌀한 향기를 나르고요. 구석에 앉은 손목 고운
아가씨는 남몰래 브래지어 끈 추겨 올리며 달곰쌉쌀
한 표정을 짓더니 정거장에 내리는 손님들마다 고개
를 갸우뚱거리며 모두 달곰쌉쌀하게 웃을 수밖엔. 할
머니야 더욱 이빨 시린 미소이시고, 아, 그들이 가
계신 사람의 집들도 지금쯤 퍽이나 달곰쌉쌀할 테죠.

오십이라는 나이

나이 오십 줄에 들어서
꽃만이 아니라 죽음과도 친숙해지려는지,
돌아가시기 이태 전 부친이 심었던 목단이
환한 살결로 마당을 열자
수줍음 많던 장모도 그즈음 가시고
언제나 겨울은 우수수 추웠지만
환하게 열리는 벚꽃 길을 생각하면
이전엔 상처였던 것이
때로 위로이기도 했었는데
퇴임식장에서 한 아름 꽃에 묻히셨던
은사님 내외분도 홀연 떠나셨고
서너 친구의 죽음조차
환한 꽃을 대하듯 낯설지 않은 내 나이.
아, 꽃은 극약인가?
애 터지게 하는 꽃이나
그 얼굴에 꽃을 달고 있는 죽음이나
점점 더 편안히 친숙한 나이,
오십.

어음 풍경 4

어음의
가을 입구에
꽃들이 앉아 있다.
떠난 사람과 떠나가는 사람들 틈에서
아, 어쩌자고……
온통 키 작은 꽃뿐이다.

어음 풍경 5

아직도 나는
어음을 향해가고 있다
거기 닿기 전에
그 무엇도 서두르지 마라
서두르지 마라, 피로 붉은 마음이여
서두르지 마라,
계절이여,
하얀 밥알 같은 별들이여

어음 풍경 6

마을에
사람이 없다.
대나무 숲은
바람을 비벼대고
돌담 틈으로
도마뱀들의 검은 울음소리.
해가 중천인데
기다리는 사람은 오지 않고,
온다는 사람도 보이질 않고.
비주룩이
열려진 문틈으로
대문 그림자만 길다.

우기의 흔적

우기가 끝나려는지
빨래를 걷다가 문득 올려다보니
좀처럼 보여주지 않던
맑은 색의 하늘.
우기의 흔적이라곤
내에 물이 넘치고
오후 3시나
4시쯤
무릎이 시린 것 뿐.
많은 빗소리가 사라진 덕에
이제 겨우 잊을 수 있는 걸까?
가늘고 길었던
당신의 발소리.

4월의 벳부

벳부[別府]에 간다면
4월 초 어느 정오쯤에나 가볼 일.
시내로 다가설수록
하늘로 오르는 온천의 수증기들은
회랑이 긴 신전의 흰 기둥들 같고
그 사이로 벚꽃들 지천으로 만개하여
웃음과 환상들로 뒤범벅인 채
점점 더 아득해지는 이국.
그러다가도 밤은
아수라와 질투의 대규모 재난 지역이기에
그래서 그대의 결심이나
계획들은 마구 혼돈스럽지만
낭만적인 신화와 잔인한 현실의
묘미란 원래 그런 것.
아, 삶이 그대를 속속들이 속일 무렵
그대여, 4월 초 정오쯤
벳부에나 들려볼 일.

넋들이

그날 밤, 할머니는 바닷가 큰 돌 아래로 떨어진 나를 업고 와선 넋들이를 하셨지. 머리를 부딪치면서 넋이 나가버렸다고 베개 밑에 커다란 식칼 두 자루를 감춰두고서 손주 잠들기를 기다리셨지. 잠이 달아난 것은 아마도 쏟아지는 별 때문일 거야, 잠든 척하는 나를 데불고 할머니는 칼을 번득이고 정한수 뿌리며 내 넋이 돌아오길 비셨지.

넋이여 돌아오라. 그대가 늘 머무르던 육체를 떠나 무슨 이유로 사방을 헤매는가. 넋이여 돌아오라. 동방은 의탁할 수 없는 곳이니 넋이여 돌아오라. 서방의 해로움은 천리 길 사막으로 이어져 있고 남방도, 북방도 머무를 곳이 못 되니 넋이여 돌아오라. 긴 휘파람과 큰소리로 그대를 부르니 옛 고향으로 돌아오라.*

그날 밤 내 넋은 뒤란이 숨겨둔 새끼 쥐들의 바스락 소리를 엿듣다가, 바닷가 큰 돌 위에 총총히 떠 있는 별들과 잰 입으로 속닥거리다가 둘러보니 아, 유채꽃. 그 꽃 때문에 한동안 가슴 끓으며 건넛집 처녀는 자는지 마는지 애태우다가, 애타는 건 혼자만은

아닌지 진저리치는 파도, 그 아슬아슬한 선상에서 꽤
오래 수질하다가 할머니 칼부림에 놀라서 훌쩍 울담
넘어 돌아와선 내 베개 얼른 곱게 베었지.

    * 굴원의 『초사』에 실린 「초혼」을 부분 인용.

내림굿

그대, 글쓰기 판을 벌였구나.
글쓰기에 진력하려면
발바닥에 잘 붙는 시퍼런 작두날 위에서
내림굿을 해야 하리.
먼저 마음 자리를 비트는 잡생각,
천하 구원의 허튼 생각을 베어내기 위해
허침굿에 정성들인 뒤
새끼 새가 아니라 진짜 까마귀 되어*
글쓰기만 사무치게 용맹정진 할 수 있도록
참 생각만 넘치게 해줄 내림굿으로
마구 판을 달군 뒤
그리고 그대의 촘촘한 글이
끝내 모든 사람의 꿈을 훼방하고
천지 사방의 닫힌 문을 열게 하는 괴로움이,
슬픔이 될 수 있도록
마침내 솟을굿으로 마감해야 하리.
그대 평생 세 번 정도의 내림굿을 통해
정녕 글쓰기의 주인으로

탄탄하게 글쓰기 판을 벌여야 하리.

* 러시아 농민반란의 지도자 푸카초프의 말.

생굴

굴을 먹겠느냐기에
짠맛이 싫다고 고개 저었더니
바다 내음도 구분할 줄 모르느냐는
핀잔이 하도 커서
그러면 굴죽이나 끓여 달랬더니
굳이 겨울에는 생굴 먹으면서
바다를 느껴보라는
당신의 성화.
아닌 게 아니라
유백색의 굴 한 모금에
입 안 가득 넘실대는
아, 벅찬 바다,
통영.

내 안의 풍경

길고 황량한 뉴멕시코 길을 달리면서
잠깐 휴식을 취할 마을로
지도상에서 가장 가까운 Hope를 택했다.
희망이라는 그 어감도 좋고
내 희망 찬 긴 여정에 알맞은 곳일 듯 했다.
색안경을 끼고 휘파람을 불며 들어선
마을의 입구는 비록 흐려 있었지만
해피엔딩의 영화가 그렇듯
희망은 먼저 그런 정경을 예비하지 않던가.
그러나 곧 만나게 된 마을의 몸체는
희망의 뼈대가 어떻게 생겼는가를
제대로 확인시켜줄 태세였다.
들고양이들이 희망의 늑골을 통과하면서
젖은 톱밥을 할퀴고 있었고
수 개의 거미집들이 흔들리는 동안
젖은 톱밥 속에서 자라던 가시넝쿨들은
희망의 엉치뼈를 마구 휘감고 있었다.
큰놈이 오줌을 누자고 했지만

애써 외면하고 마을 끝을 찾아 가속한 이유는
내 안의 풍경을 묵도했기 때문인가.
옆자리 아내도 줄곧 입을 닫은 채였다.

꽃 멀미

살림이야 궁하지만
그 섬에 꽃만은 참 풍성하더라.
바람보다 훨씬 키 작지만
돌 틈 어디서고 은밀한 추억이더라.
그깟 꽃쯤이야 하고
종일 문 닫고 외면하려 해도
착 몸에 감기는 애교더라.
임의 손은 뿌리쳐도
달려드는 꽃내음은 영 대책 없더라.
그러기에 꽃 때문 바람난 섬 처녀는
덜컹 무섭다더라.
꽃잎 부친 꽃달임전 맛은 또 어떻고.
일렁이는 것이
파도인지 내 가슴인지
그 섬에 발붙이는 사람마다
궁한 살림 팽개쳐놓고
꽃 멀미에 정신없더라.

주먹을 펴고

아들놈의 잠든 모습에
주먹을 쥐고 자던 내 버릇이 있었다.
어머니는 나를 달래셨지만
내 젊은 날의 주먹은 쉽게 펴지질 않았다.
무엇을 그리 놓치고 싶지 않았던 것인지
총총걸음으로 걸을 때도 그랬고
심지어 밥을 먹을 때 아내는
수저를 쥔 내 손 모양을 탓하기도 했다.
그러나 내가 쥐고 있던 것이
슬픔이라는 걸 안 것은
아마도 입관된 아버지의 굳어진 몸을
보고나서부터였을 것인데
이제 주먹을 쥐나 펴나 남는 것은
휑한 바람뿐.
아들의 주먹을 펴주었지만
돌아서자마자 다시 그러쥐는 것이
꼭 나를 닮아 있었다.

노숙자

그가 보이지 않는다.
지하도 한구석에
침침하게 무너져 있더라는
말도 들렸지만 그를 볼 수 없다.
아직 따뜻한 국물,
무료급식 긴 행렬에
짚가리처럼 서 있더라는
소문도 있었지만
그를 만날 수 없다.
그는 없다.
그는 어디에도 없다.
낮잠 청했을 공원 벤치는
고요하고
내 아픈 꿈속에도 그는 없다.
그가 없고 부터
문득 나의 삶도 부재중이다.

나 홀로 택시에서

나 홀로 택시에서
뒷좌석에 침묵으로 파묻혀
운전수의 뒤통수를 쳐다보는 일처럼
오금 저리는 일도 있을까?
부러 신문을 뒤적이고
차창 너머로 시선도 던져보지만
더 가까워지는 슬픔.
그렇다고 눈물이나
욕지거리로 씰룩이는 입술 따위를
훔쳐보는 것도 아닌데
기껏 뒤통수 따위에 심란해 하니
아, 뒤통수.
무거운 그대의 세월이여, 환각이여.
그것을 들여다볼 때마다
어느덧 내 눈가엔 눈물이 괴니
이건 분명 지랄이다.
나 홀로 택시에서 반복되는
괜스런 지랄.

구두끈 매기란

구두를 신을 때마다
허리 조아린 채 끈을 매는 것은,
그리하여 들숨이 가슴을 누르고
심지어 식은땀이 송송 맺힐 때도 있지만
애써 매듭을 힘내 당기는 이유는
비록 흐린 시간 속에서도
그때만은 명료해지기 때문.
내 삶의 헝클어진 날들이여.
돌아오는 행로가 막힌 지친 영혼이여.
기도 중에도 내 안에 빠져들지 못하는데
그러니 구두끈 매기란
참회의 정교한 예식이다.
이런 식의 구두 신기라는 것이
얼마나 객쩍은 것인지
엉거주춤 기다려본 사람은 알 테지만
그러나 내게 그 시간만은 미덕이요.
집요한 덕성이다.

유배

잔인한 길.
살아야 하리.
갈까마귀 비껴 날고
봐라, 바람이 내 등을 떠민다.
이제부터
시간의 정체는 참혹일 뿐이니
무엇보다 사람이 사람에게 저지르는 참혹에 대해
매우 진지할 것.
애초 감당치 못할 아픔이란 없다.
가슴에 슬픈 칼 품고
다시 시작이니
목숨 건졌다 하여
쉽사리 잠들 수야 없잖은가.

벚나무에 관한 걱정

온 섬이 태풍으로 흔들릴 때
아라동 제주대학교 입구
일렬횡대의 벚나무에 관한 걱정으로
나는 날밤을 새웠다.
태풍에 걱정이 그뿐이겠는가마는,
그러나
상처가 잘 아물지 않아서
한 번 가지를 다치면
다친 부위가 썩어 들어가
그래서 방치하면 줄기까지 썩고
이어 바람이 불 때
넘어지거나, 일찍 고사하는 벚나무를
아, 그대는 너무도 닮았기에
벚꽃이 핀다 한들 고작 며칠뿐이듯
나에 대한 그대의 애정이
그만큼인 줄 정작 알고 있지만
길고 긴 낙화의 아름다움을 즐기듯
그대의 외면에도 줄곧 그대를 사랑하기에

그 태풍 속에서 종내는
생채기를 드러낼 벚나무를 생각하며
온통 그대에 관한 걱정만으로
나는 날밤을 새웠다.

양하

양하를 꺾었습니다.
보랏빛 매운맛이 손톱 가득했습니다.
한차례 꺾고 나서 돌아보면
이전의 키만큼
또 비죽비죽 자라는 것이
슬픔 같기도 하고,
무슨 궐기 같기도 하고.
더러는
꽃을 피우라고 제자리 놓아둔 채
꺾은 것들만 따로 모아
당신에게 한 봉지 건넸더니
얼굴의 그늘도 걷히고
아, 입 안 가득
신비한 표정입니다.

하코네 풍경

오다와라에서
등산열차를 타서 오르기를 40여 분,
온천 명소에 도착하자마자
산중턱의 전망 좋은 로텐부로에서
노천욕을 했습니다.
짙푸른 산악과 너른 하늘빛을
덜렁, 맨몸만으로 감당하려니
때론 풍광도 사는 것을 눈물 나게 하는지
그것만으로도 코끝이 시린데
바람 잦은 다음 날 아침
거대한 호반에 실린 후지산의 일출과
맞닥뜨리고 나서는
아, 그건 분명 눈부신 교감이기에
당신이 곁에 있음에도
부러 입술만 깨물었습니다.

개망초

하얀 개망초
흐드러지게 피었기에
묵밭에 늘 찾아오는 불청객이라
내심 하찮게 보았는데
그러나 초(楚)나라 망한 곳에 난 풀이라
망초라 한 데서
망국의 눈물지며
그 꽃처럼 가냘프게 흔들렸을
어느 손목 고운 시녀를 생각하니
아, 불볕 아래서도
가슴이 언뜻 서늘해지누나.
망한 나라에 핀 꽃이
예쁘면 얼마나 예쁘겠냐고,
아주 개 같은 꽃이라고
개망초라지만
곱기는 감출 수 없는데다
꽃말까지 '화해'라니
어느 하늘 아래
이런 기막힘이 또 있을까.

참깨꽃

장맛비 그치고
불볕 때문
어도초등학교 채 못가서
발걸음 쉬었더니
근처 밭엔 온통 참깨꽃이더라.
무슨 냄샌가 코 내미니
보송보송 잔털이 고운데다
사방 깻내가
서럽던 시절의
달콤 고소한 기억과도
하도 닮아
아, 취한 건
벌들만이 아니더라.

범의귀라는 풀

오늘 밤
그 풀을 베개 밑에 두고
길게 자는 동안
분명히 그대의 얼굴을 보면서
소원인지 전설인지
나는 점점 꿈을 닮아갈 것이다.
꿈의 맨발로 숲속을 걷다가
빽빽한 풀잎 가운데 하나를 꺾으면
정녕 예사 풀이 아니니
이제 비로소 우리들의 아이를
가질 수 있을지도 모른다.
그래서 꺾은 풀을
아이의 턱에 놓아두면
그해는 무병할 테고,
심지어는 악령의 주문까지도 풀릴 테니
그대와 나의 아이를 위해
일찍부터
몽환의 숲으로 돌아가

쫑긋한 꽃잎이 호랑이 귀를 닮은
그 용감한 풀을 찾아야 할 것이다.
아, 한 여름 밤의 꿈이 깨기 전에

키 큰 소나무 부러지다

사랑이 그렇듯
애초 숲은 아무것도 없는 땅에서 시작된다.
일년생 풀이 들어오고, 뒤이어
여러해살이 풀들이 일년생 풀들을 뒤덮고, 어느덧
키 작은 나무가 들어와 여러해살이 풀들을 밀어내면
한동안은 작은 나무가 우거진
관목림의 천지.
사랑도 온갖 시련을 거치 듯
그러나 관목의 시간도 오래가지는 못하고
키 작은 나무 다음에 눈, 비로 소나무가 자라면서
그 거친 세월을 보내다보면
세상은 이제 온통 소나무 숲으로 변한다.
아라동 제주대학교 안쪽의 소담한 소나무 숲도
그렇게 만들어진 것일 텐데
오후의 끝 무렵,
그대와 몰래 그 숲에 들어설 때마다 마주하던
곧고, 굵은 열주(列柱)들이여.
하늘로만 향하던 상상력이여.

그것을 두고 절정의 우리들 사랑 같다고
그대와 나는 손가락 걸며 여러 번 단언했지만
그러나 섬을 흔드는 태풍으로
그 숲의 소나무마다 생채기를 마구 드러냈을 때
문득, 내가 목격한 것은
아, 우리들 사랑의 숨은 정체였다.

고비의 내림굿

우 찬 제

1. '구겨진 생'의 이미지와 견인주의

당신은 보았는가. 삶과 죽음의 고비와 맞씨름하며, 고비의 위태로운 경계에서, 처절한 듯 고비의 신명을 역설적으로 지피는 노래꾼을, 당신은 보았는가. 삶과 죽음을 동시에 경험한 자, 그야말로 고비의 절정에 서본 자, 예리한 고비의 작두날에 온몸을 운명처럼 맡겨본 자가 부르는 속 깊은 노래를, 당신은 들었는가. 당신의 가슴에 스민 고비의 노래는 어떤 음색이었을까. 당신도 이미 짐작했겠지만, 그 노래꾼은 시종 당신과 서정의 동행을 수행하면서, 우리 모두를 '귀한 매혹'의 세계로 안내하고 있다. 진정한 생체험의 깊이를 바탕으로 관찰과 인식의 벼리를 보이면서, 존재하는 모든 것들에 대한 연민의 심연에서 역설적인 신명의 리듬을 우리와 나누고자 한, 서정적 기미들을 당신도 느낄 수 있었을 것이다.

일찍이 그는 『대담한 정신』(1995)의 시인이었다. "신을 예언해주는 위용" 같은 "한라산정의 구름" 속에서 "비약한 신의 충만함"을 보기고 하고 "대담한 징후에 대한/완벽한 예감"에 젖어들기도 했었다. 그러면서 "다 주고 있는 신"과 "가슴 여린 인간" 사이에서 빛나는 어둠을 성찰하면서 "첫사랑의 신비" 같은 "대담한 정신"(「대담한 정신」)을 가늠해보기도 했던 시인이 바로 양진건이다. 제주 출신인 그는 제주의 바다와 한라산을 태생적 배경으로 하여 존재의 우주적 비의를 성찰하는 서정시를 우리 앞에 선사했다. 이를테면 그의 첫 시집 『대담한 정신』을 통해 우리는 "섬의 봉우리 봉우리들"에서 "넉넉한 우주" 혹은 "풍족한 꿈"(「풍경」)을 볼 수 있었으며, "봉기하는 격렬한 이단자"인 사나운 파도 속에서도 "흔들릴 것도 없이 안심한 좌정"(「섬의 기상」)의 풍경을 직관할 수 있었다. 때때로 "제주 바다 본연의 싸움"(「제주 바다」)과 마주치기도 하고, "바다가 드러내는 이 거대한 위용"(「출어의 징후」)에 놀라기도 했었다. 기백과 품격 넘치는 어조와 우주적 비의가 현묘하게 어우러지면서 독특한 제주도 시풍을 보여주었던 시인 양진건은, 그러나 한동안 우리 앞에 예의 '출어의 징후'나 '대담한 정신'을 보여주지 않았다. 아니 보여줄 수 없었다. 시인의 몸에 찾아온 속절없는 고비 탓이었다.

'낯선 병'과 싸우면서 세 차례의 고비를 넘겼다고 했다. "내가 살아오는 동안 넘겨왔던 고비와/넘겨야 할 고비들을 생각하다보면,/그 고비 사이에 부는 바람이나 햇빛,/혹은 먼지 따위를 생각하다보면"(「낯선 병」) 같은 구절이 새삼스럽게 다가오는 것은, 시인의 전기적 사실의 절박함 때문이기도 하다. 시인의 고비 체험은 우선 '구겨진 생'의 이미지로 다가온다. 우선 몇몇 병원 시편들을 보기로 하자.

1) 내 입원실 창 아래로
유년의 긴 골목,
양편에 흐릿한 옛집들이 서 있고
그늘엔 치어처럼 아이들 서너 명.
어느 때인가 그들처럼 나도
지느러미에 빛 오를 적이 있었다.
삶은 그런 힘이려니 했지만
나뒹구는 신문지처럼 구겨진 내 생이여.

—「그들처럼 나도」 부분

2) 길게 벌어진 생채기에
담배가루를 쑤셔놓자
통증이 살 속에 박히면서
손이 아픈 건지 어디가 아픈 건지
입술도 바싹 타들고

당신의 표정마저 구겨진다.   —「어떤 필연」 부분

3) 앞 병동 할머니가
휠체어에 앉아
오랫동안 밖을 응시한다
[……]
텅 빈 하늘만
구겨져 있다.   —「병원에서」 부분

　모두 병원을 배경으로 씌어진 시들이다. 1)에서 시적
자아는 입원실 창문을 통해 밖을 내다보고 있다. 창밖 골
목에서 아이들이 뛰어논다. 현재 아이들의 모습을 통해
과거 "유년의 긴 골목"을 반추한다. "그들처럼 나도/지느
러미에 빛 오를 적이 있었다"는 상념에 젖으면서, 현재
"구겨진 내 생"을 돌올하게 부감한다. '유년의 골목'과 '성
년의 입원실'이 명확히 대조되면서, 과거에 대한 그리움이
현재의 비루함으로 전화된다. 그럴 때 시적 자아는 '견딜
수 없는 존재의 무거움' 때문에 어쩌지 못한다. "구겨진
내 생"의 이미지는 「병실에서」라는 시에서는 "쉽게 난파하
는 생"으로 변주된다. 시적 자아 '나'의 삶만 구겨진 게 아
니다. 2인칭 '당신'의 삶도 구겨짐에서 자유롭지 못하다.
2)에서 시적 자아 '나'는 생선회를 뜨다가 손가락을 벤다.
시적 자아는 통증으로 인해 입술이 바싹 타들어간다. 그

러자 '나'의 통증과 교감한 '당신'의 표정도 구겨지고 만다. 3)에서는 3인칭 그녀의 삶이 문제된다. 휠체어에 앉아 밖을 응시하는 할머니의 "웅크린 그림자가/전혀 흔들림이 없다"고 했다. "천천히 낙하"하는 링거액의 동성(動性)과 대조되는 정성(靜性)이다. 그것은 물론 구겨짐을 내장한 정지 풍경이다. 이렇게 1, 2, 3인칭 모두가 구겨졌을 때 세계는 모두 구겨진 것이나 마찬가지다. 시인은 "텅 빈 하늘만/구겨져 있다"고 적었지만, 이 대목을 "텅 빈 하늘마저/구겨져 있다"로 고쳐 읽어도 무방하다.

이토록 구겨진 삶을 도대체 어찌 해야 할 것인가. 현재의 삶이 구겨졌다고 생각될 때, 과거 구겨지지 이전의 "기억들만 부서져 부유할 뿐"이고 "삶이란 굴욕"(「망각」)처럼 다가온다. 혹은 "뼈를 버리는 살이나/또 살을 외면하는 뼈처럼/우리들만의 시간도/매번 치명적인 아픔이어서"(「짧은 편지」)나 "밤늦도록 치명적인 아픔"(「밤 찔레꽃」) 같은 부분에서 확인할 수 있듯이, "치명적인 아픔"을 겪게 마련이다. 하고보면 "나는 이미 애타면서 혼수상태인 채/늘 죽음 직전입니다"(「다시 애월에서」)란 진술 역시 단순한 포즈가 아닌 절실한 토로로 받아들여진다. 이 지점에서 치명적인 아픔을 겪게 하는 고비의 시간의식이 전경화된다. 원하지 않은, 의도하지 않은 고비의 통과의례를 겪어야 하는 주체의 현재 시간은 대체로 "혹독한 시간"(「짧은 편지」) 이외에 다른 것일 수 없다. 혹은 "엉킨 채 잘 풀리질 않"(「저녁」)는 시간이거나, "마침내 흩어져버릴 평생의 시간들"(「코스모스」)일 따름이다. 고비의 시간이 농익을수록 주체의 사정은 악화되기 마련이다. 소품임에도 「단풍」 같은 시편이 주목되는 것은 그런 사정과 관련된다.

> 아흔아홉 골
> 단풍 보고 있자니
> 아, 억장이 무너져
> 나도
> 언제 한번이라도 저렇게
> 제 몸 온전히
> 불사를 수나 있을지.
> 저렇게
> 비탈 구르며 달려와
> 제 몸 기꺼이
> 내어줄 수나 있을지.
> 찬란해라, 절정이여.
> 서러움이여.   —「단풍」 전문

아흔아홉 골 곱게 물든 단풍은 찬란한 절정을 이루고 있다. 그에 반해 시적 자아/주체는 "억장이 무너"질 뿐이다. 단풍처럼 "제 몸 온전히/불사를 수"도 "제 몸 기꺼이/내

어줄 수"도 없는 까닭에, '찬란한 절정'의 대안에서 '찬란한 서러움'에 빠지고 만다. 시적 대상인 단풍의 충만한 풍경과 대조되는 주체의 결여의 통증은 간절한 열망이 전이된 모습이기도 하다. 첫 시집에서부터 간절한 열망과 대담한 열정으로 충일해 있던 시인이 바로 양진건이다. 간절한 열망과는 달리 탈난 몸의 형상은 열망의 대상과의 거리를 더욱 멀어지게 한다. 물론 자연과 인간의 대립 혹은 자연의 섭리에 미치지 못하는 인간의 유한성에 대한 서정적 탐문은 고전주의 미학 이래 유구한 전통의 하나였다. 양진건이 다만 그것을 되풀이하는 것으로 보이지는 않는다. 자연에 대한 단순한 이끌림이나 자연 동화에의 온순한 감정이입의 서정과는 질적으로 변별되는 서정 정신을 양진건은 시종 긴장감 있게 견지한다. 이는 일차적으로는 탈난 주체의 몸에 대한 진정한 자의식에서 출발한다. 그러나 그것은 단지 탈난 몸에 대한 억울함이나 안타까움의 정조와는 다르다. 견인주의(堅忍主義)에 가까운 시인의 서정 의지는 나 안에 갇힌 주체의 폐쇄성을 넘고, 주체와 대상의 험악한 분열을 넘고, 자연과 인간의 대립이라는 고전적 주제를 넘어, 진정한 행복에의 몽상을 위한 당신과의 서정적 동행을 시도한다.

2. 당신과의 서정적 동행, 혹은 '어읆'가는 길

당신과 동행하는 양진건의 서정 행로에는 우선 당신의
발견이 있다. "아득한 것들은 모두/당신의 얼굴을 하고
있다."(「관매도」)고 했거니와, 그와 같은 당신의 얼굴은
"불가피 사랑해야 할 것들을"(「관매도」) 향한 시적 자아의
전면적 기투가 있은 연후에야 발견 가능한 어떤 것이다.
양진건의 시에서 '당신'은 한용운의 경우처럼 온전히 그윽
한 절대적인 님의 경지가 아니다. 매우 탄력적이고 복합
적인 심상을 하고 있다. 흰색의 꽃말처럼 "변하기 쉬운 마
음"을 지닌 존재이기도 하고, "잔인함"이 "당신의 사랑법"
(「수국」)의 요체이기도 하다. 그런가 하면 "당신과 함께
있으면 마음이 온화해진다"는 베추니아 꽃말의 형상처럼
당신이 다가오기도 한다. 이와 같은 당신의 의미론적 탄
력성은 당신과 나의 상호작용을 통해 더욱 역동적인 의미
의 자장을 형성한다. 「다시 애월에서」를 보면 나와 당신
의 만남은 결코 현존재 상태에서 이루어지는 게 아니다.
"나는 나를 무너뜨리며"와 "당신은 지금 당신을 무너뜨리
며"(「다시 애월에서」)가 스미고 짜일 때 어렵사리 이루어
진다. 그래야 주체의 몸은 "농밀하게 진저리치는 몸"(「동
백」)의 형상을 얻는다. 그리고 "당신을 따르겠습니다"
(「감자꽃」)는 감자꽃의 고운 꽃말이 제 의미를 얻게 된다.

이런 과정을 거쳐 「노고단 새벽꽃」에서 분명하듯, 당신과
의 동행이 본격화된다.

새벽 노고단에 올랐습니다.
꽃을 보자는 당신 성화에 등 떠밀려
성삼재까지 차에서 내내 졸다가
노고단 나무계단에 와서야 겨우 깼습니다.
꽃 따위에 아침잠을 설치다니
당신을 원망하는 사이
불현 햇살이 산봉우리 위로 뻗쳐오르자
어디서부터인지 서둘러
형형색색의 제 몸을 드러내는
꽃, 꽃, 꽃.
아니 일출만으로도 개운한데
원추리를 비롯해 키 작은 범꼬리,
동자꽃, 까치수염, 며느리밥풀꽃 들이
구름이 발 아래로 휘감는 산등성이마다
갈증처럼 피는 것을 보며
비로소 당신의 재촉이 이해되었습니다.
그런데다 "구름 위의 꽃밭"이라는
당신의 탄성마저 하도 적절해서
한동안 할 말을 잊고 말았지만
아, 노고단 새벽꽃,

꽃들이 부딪치는 소리는

삶의 이유가 되어 오늘도 나를 깨웁니다.

　　　　　　　　　　—「노고단 새벽꽃」 전문

　새벽꽃을 보자는 당신의 제안에 나는 원망하면서 노고
단에 오른다. 그러나 함께 노고단에 올라 갈증처럼 피어
나는 새벽꽃을 보면서 나는 당신을 이해하게 된다. 그리
고 거기서 "삶의 이유"를 재발견하는 인지의 충격을 얻는
다. 『대담한 정신』의 시절에도 양진건은 공간적인 상승
운동을 통해 존재의 새로운 벼리를 다지는 인식을 얻는 바
있다. 이런 양상은 『귀한 매혹』에서도 계속된다. 일종의
견인적 정신주의라고나 할까. 수직적 상승 이미지는 「노
고단 새벽꽃」을 비롯해 일련의 '꽃말' 시편들에서 현저하
게 드러난다. 또 「동백」 「오미자」 「단풍」 「망월사 접시꽃」
등 꽃이나 자연물을 시적 대상으로 삼은 여러 시편들에서
도 어슷비슷하게 나타난다.

　그렇다고 해서 양진건의 시편이 현실도피적인 전원시풍
으로 빠지는 것은 결코 아니다. 수직적 상승 이미지의 곁
에 수평적 확산 이미지를 부려놓고 있는 까닭이다. 다시
말하자면 그의 시가 "하늘로만 향하던 상상력"으로만 이
루어진 게 아니라는 것이다. 태풍으로 인한 소나무의 "생
채기"(「키 큰 소나무 부러지다」)를 예리하게 인식한다. 가
령 미국 달라스에서 씌어진 것으로 보이는 「아이들 울음

소리에」 같은 시에서는 "해외입양아 수"를 거론하면서 "갑자기 어디선지 들리는 아이들 울음소리에/나는 도통 잠을 이룰 수 없었다"고 한다. 탈북자 문제를 다룬 「그들이 국경을 넘을 때」에서는 "단지 배고픔 때문에/그들이 국경 넘어 몸을 팔 때/어디서 나는 무엇을 했는가"라며 반성적 자의식에 젖어든다. 노숙자 문제를 다룬 「노숙자」도 그런 사례다. 노숙자에게 가고 싶은 시적 자아의 마음과는 달리 사고로 무너져 내린 그를 만날 수는 없다. 이에 "그가 없고부터/문득 나의 삶도 부재중"임을 깨닫는다. 그러니까 양진건의 시에서 수직적 상승 이미지가 인식의 고양 경로를 드러낸다면, 수평적 확산 이미지는 시인의 사회적 책무와 윤리의식을 드러낸다. 시인은 자신의 인식을 부단히 고양해 나가면서 동시대의 윤리에 대한 무한 책임을 절감하는 것이다. 그러기에 시인은 더욱 겸허해진다. 「구두끈 매기란」 같은 시가 주목되는 것도 이 지점에서다. 구두를 신을 때마다 허리를 조아리며 끈을 매는 사소한 일상적 사건에서 극적인 발상을 얻어 "나에게로 돌아오는 행로가 막힌 지친 영혼"이 행하는 "참회의 정교한 예식"을 이끌어 낸다. 그러한 미덕과 덕성의 예식을 통해 시인은 사소한 것에서도 '귀한 매혹'을 성찰하는 감각의 깊이를 심화한다. 표제시 「귀한 매혹」은 여러 가지 귀한 버섯으로 요리한 태국식 볶음국수에 관한 이야기를 담고 있다. 이 음식의 특장은 버섯에 있기에 버섯국수라고 해도 좋을 터이지만, 버섯은 뒤로 물러나고 다만 볶음국수라고 명명한 것에서 시인은 '귀한 매혹'을 느낀다.

> 귀한 것은 귀한 것을 불러 더욱 큰 귀함이 되는가.
> 버섯이 다른 버섯을 귀하게 만들고
> 또 다른 귀한 버섯을 부르는 유혹,
> 그러나 끝내 귀하기를 감추는 삶.
>
> ──「귀한 매혹」 부분

버섯의 웅숭깊은 타자 지향성을 직관하면서 시인은 당신과 동행하는 서정의 행로가 '귀한 매혹'의 세계가 되기를 희구한다. 그러면서 누구나 할 것 없이 자신을 앞세우는 천박한 현실 상황에 대한 반성적 인식을 촉구한다. 드러내기보다 감춤으로써 귀해지는 그런 존재론을 시인은 강조하고 싶어 한다. 일련의 '어음 풍경' 연작들도 그런 관심의 결과가 아닐까 싶다. '어음'은 시인이 거주하는 제주의 장소이자 시적 탄생의 원향이다. 육체적·정신적 인큐베이터이다. 한편으로는 시인의 몸을 감싸고 다른 한편으로는 시인의 몸을 밀어내면서 시적 인식의 새로운 도전을 수행하게 하는 그런 공간이다. 때로는 검은 빛의 고즈넉한 풍경(「어음 풍경 1」)이거나 소란한 듯 더 고요해지는 풍경(「어음 풍경 2」)을 자아내기도 한다. 그런가 하면 "떠난 사람과 떠나가는 사람들 틈에서"(「어음 풍경 4」) 균열

이 생기기도 하고, 온통 바람에 흔들리는 대나무 숲일 뿐 "마을에/사람이 없"(「어음 풍경 6」)어 쓸쓸한 연민을 환기하기도 한다. "기다리는 사람은 오지 않고,/온다는 사람도 보이지 않고"(「어음 풍경 6」)와 같은 풍경이다. 하고보니 시인은 어음에 있으되 여전히 어음을 향해 서두르지 않고 나가야 한다. 그렇다는 것은 어음이 고정된 장소가 아니라 끊임없이 탄력적이고 역동적인 시적 창조의 공간이기 때문이다. 나아가 양진건의 서정이 지향하는 소망스런 공간의 표상처럼 인식되는 까닭이다. 적어도 시인 양진건에게 있어 어음은 시적 탄생의 원인이자 목적인 공간이다. 양진건 시의 표상적 어음(증권)이면서, 존재하는 모든 것들이 시적 언어로 소통하고자 하는 어음상통(語音相通)의 상징이다.

아직도 나는
어음을 향해가고 있다
거기 닿기 전에
그 무엇도 서두르지 마라
서두르지 마라, 피로 붉은 마음이여
서두르지 마라,
계절이여,
하얀 밥알 같은 별들이여   —「어음 풍경 5」 전문

3. 유배지에서의 서정적 내림굿

시인 양진건은 '붉은 마음'으로 어음에서 어음을 향해 가고 있다. 시인의 몸이 세 차례나 큰 고비를 겪었다고 했거니와, 이와 같은 몸의 고비가 아니더라도 그는 기본적으로 존재론적 유배 의식을 지닌 시인이다. 일찍이 보들레르가 항해 중 갑판에 널브러진 알바트로스를 보면서 창천을 유장하게 비상해야 할 알바트로스가 지상에 유폐된 모습을 시인이 자신과 동일화한 적이 있거니와, 제주 출신인 양진건 시인이 보이는 유배 의식 역시 매우 도저하다. 가령 「유배」라는 시에서 그는 "잔인한 길./살아야 하리"라고 화두처럼 적는다. 왜 잔인한 길인가. "무엇보다 사람이 사람에게 저지르는 참혹" 때문에 인간의 길은 잔인하다고 그는 생각한다. 이런 사태에 대한 "매우 진지"하게 성찰해야 함을 인식하면서 시인은 "애초 감당치 못할 아픔이란 없다./가슴에 슬픈 칼 품고/다시 시작이니/목숨 건졌다 하여/쉽사리 잠들 수야 없잖은가"(「유배」) 라고 다짐한다. 유배지에서의 고비의 극점에서도 결코 잠들지 말아야 한다는 것, 감당하지 못할 아픔은 없다는 시인의 도저한 견인주의를 새삼 확인할 수 있는 대목이다. 게다가 매순간 "다시 시작"하는 삶에 대한 인식 역시 의미심장하게 다가온다.

이렇게 유배지에서 견디고 넘어서며 다시 시작하려는 시인의 다짐어린 태도는 「내림굿」에서 더욱 종합적인 형상으로 빚어진다. 시인마다 자신의 시적 다짐을 밝히는 일종의 '서시'와 비슷한 성격을 지닌 이 시에서, 시인은 고비의 고통의 극점에서 신명을 지피는 샤먼-시인의 존재론을 인상적으로 극화한다. 글쓰기 판의 진정한 주인이 되려면 "평생 세 번 정도의 내림굿"을 정성스럽게 벌여야 한다고 소리친다. 잡생각을 비우는 '허침굿'이 그 하나요, 잡생각을 물리친 다음에 참생각만 넘치게 하는 '내림굿'이 그 둘이요, 존재하는 모든 것들의 꿈과 괴로움과 슬픔과 더불어 시적 해방을 도모하는 '솟을굿'이 마지막 셋이다. 잡생각과 포즈로 휘청거리는 시편들이 많은 세상에서 진정한 시인의 고해성사로 보아도 좋을 그런 시적 고해가 아닐 수 없다. 어디 시뿐이겠는가. 당신도 이미 알고 있다. 우리네 전반적인 삶 또한 그런 내림굿을 통해 진정성의 지평으로 나아갈 수 있지 않겠는가. 양진건의 『귀한 매혹』의 세계가 당신과 나를 매혹케 하는 여러 이유 중의 하나는 분명 이런 내림굿의 세계관이다. 이제 당신과 나, 바로 우리 차례다. 양진건의 글쓰기 내림굿판을, 그 고통스런 신명의 판을, 우리 삶의 존재론적 판으로, 매혹적으로 전환해야 하지 않겠는가.

그대, 글쓰기 판을 벌였구나.

글쓰기에 진력하려면

발바닥에 잘 붙는 시퍼런 작두날 위에서

내림굿을 해야 하리.

먼저 마음 자리를 비트는 잡생각,

천하 구원의 허튼 생각을 베어내기 위해

허침굿에 정성들인 뒤

새끼 새가 아니라 진짜 까마귀 되어

글쓰기만 사무치게 용맹정진 할 수 있도록

참 생각만 넘치게 해줄 내림굿으로

마구 판을 달군 뒤

그리고 그대의 촘촘한 글이

끝내 모든 사람의 꿈을 훼방하고

천지 사방의 닫힌 문을 열게 하는 괴로움이,

슬픔이 될 수 있도록

마침내 솟을굿으로 마감해야 하리.

그대 평생 세 번 정도의 내림굿을 통해

정녕 글쓰기의 주인으로

탄탄하게 글쓰기 판을 벌여야 하리.

—「내림굿」 전문